순간이 시가 되다

폰카 시

순간이 시가 되다 폰카 시

김미희 지음

초판 1쇄 발행일 2024년 3월 27일

펴낸이 이숙진 **펴낸곳** (주)크레용하우스 **출판등록** 제1998-000024호

주소 서울 광진구 천호대로 709-9 **전화** (02)3436-1711 **팩스** (02)3436-1410

인스타그램 @bizn_books **이메일** crayon@crayonhouse.co.kr

* 빚은책들은 재미와 가치가 공존하는 ㈜크레용하우스의 도서 브랜드입니다.
* KC마크는 이 제품이 공통안전기준에 적합하였음을 의미합니다.

ISBN 979-11-7121-051-0 04810

순간이 시가 되다

폰카 시

김미희 지음

빛은
책들

차 례

PART 5 오늘도 애썼어

프롤로그

누구나 사진을 찍듯 누구나 시를 쓴다

시는 어렵지 않냐고요?

핸드폰을 들고 다니며 사진을 찍는 우리라면 누구나 시를 쓸 수 있다고 단언합니다.

오늘 혹시 핸드폰으로 사진을 찍지 않으셨나요?

음식, 풍경, 꽃, 하늘, 귀여운 인형…….

사진을 찍을 때는 뭔가 특별함을 느껴서 찍습니다. 예뻐서일 수도 있고, 특이해서일 수도 있고, 안정감을 주어서일 수도 있고, 맛있어 보였을 수도 있고, 자랑하기 위해서이기도 하죠. 찍을 때의 그 느낌을 오래, 깊이 들여다보면 시를 만날 확률이 높아집니다.

섬세하고 세밀하게 오래 보다 보면 나를 사랑하게 되고 내 주변, 내 이웃에 대해 몰랐던 것들을 발견하게 됩니다.

삶이 곧 시입니다. 살아가는 우리는 모두 쓸 수 있다마다요. 오늘 SNS에 사진과 글을 올렸다면, 이미 시인이 되어가는 중이랍니다. 내 주위를 잘 살피고 있으니까요.

저는 꽤 여러 곳에서 '폰카 시 쓰기 수업'을 하고 있습니다. 초등학생부터 팔십 대 어르신에 이르기까지 많은 사람과 함께 시를 씁니다. 폰카 시는 '누구나 시인'이 될 수 있도록 안내하기 때문에 시를 처음 접한 분들이 특히 폰카 시를 좋아합니다. 핸드폰 갤러리에서 자신이 직접 찍은 사진으로 쓰거나 친구가 보내준 사진, 누군가가 멋지게 찍어준 사진을 보고도 시를 쓸 수 있습니다. 어렵게만 보였던 시가 쉽게 다가올 것입니다.

그래도 아직 시를 쓰기 어려운 분이 계신다면 이 책이 도움이 될 거라 기대합니다.

이 책의 장르를 따지자면 '폰카 에세이 시집'이라고 할 수 있습니다. 사진과 사진을 보고 떠오른 짤막한 단상, 시가 실려 있어서 일상에서 어떻게 시를 만났는지 알 수 있습니다. 완성된 시를 보면 그 발상이 이렇게 흘러갔구나 하고 저절로 시 쓰기 과정을 터득할 수 있답니다.

자, 그럼 우리 다 같이 폰카 시를 써볼까요?

저는 이런 부추김을 좋아합니다. 좋은 건 같이하기!

핸드폰 갤러리에 들어가 봅시다. 저장된 사진을 쭉 보면 시선을 붙잡는 풍경이 있지요?

'띠옹' 하는 장면이 있을 거예요.

그 사진을 보고 다섯에서 열 줄 정도를 쓰겠다는 생각으로 이것저것 끄적여요. 당장은 아무것도 떠오르지 않을 수도 있어요. 먼저 사진을 보고 또 보세요. 그러면 내 안에서 무언가 떠오를 거예요.

너무 어렵게 생각하지 말고 개성적인 문장 하나만 만든다고 생각하세요.

시니까 당연히 '비유법'이 들어가면 좋아요. 너무 많이 쓰면 몰입하기 힘들 수 있으니, 적당히 한두 문장 정도를 씁시다. 욕심을 내려놓고요!

먼저 제가 찍은 사진과 시로 예를 들어볼까요?

어떤 아이가 우리 아파트 담벼락에 스티커를 붙여놨더라고요.

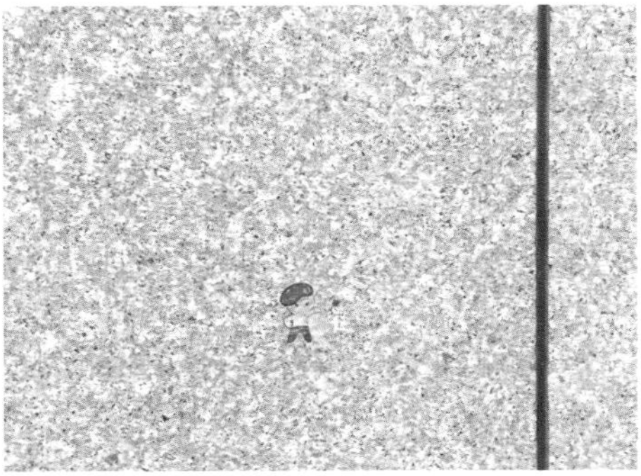

이 스티커가 뭐로 보이시나요? 저는 이게 영역 표시로 보였어요.

'내가 왔다 갔다는 영역 표시.'

산책을 나온 강아지들이 뒷다리를 들어 올려서(우리 집 강아지, 리오처럼요) 기둥이나 벽에 마킹하며 다니잖아요.

이게 비유예요. 강아지와 스티커를 붙인 아이의 공통점을 찾았으니 그다음에는 그 둘의 특징을 연결하면서 써나가면 된답니다.

그럼 어떤 메시지(주제)로 둘을 연결해 볼까요?

시에는 메시지를 담아내야 해요. 물론 소비되는 일회성 유희로서의 시도 좋지만 시에는 전달할 메시지가 있는 편이 좋습니다.

시에 담긴 메시지는 사람의 마음을 움직일 수 있거든요!

저는 아파트 벽에 '낙서하면 안 된다'고 말해주고 싶었어요.

여러분은 다른 메시지를 전달해도 됩니다.

이를테면 낙서장이 필요한 피카소라고 생각해 보면 어떨까요? 벽이 심심해 보여서 꾸며줬을 수도 있지요. 스티커의 주인공을 찾는 벽보일 수도 있어요.

무엇이든 나만의 메시지를 담아봐요. 그런데 메시지를 직접적으로 쓰지 않고 은은하게 드러내야 해요. "낙서는 안 돼" 하고 쓰면 시가 아니라 논설문이 되어버립니다.

대신 비유를 먼저 찾으세요. 이 장면을 보았을 때 들었던, 직관적으로 떠올랐던 발상은 무엇인가요? 그것을 살려 쓰면 됩니다.

그냥 시를 쓰는 것보다 폰카 시를 쓰는 게 더 쉽습니다. 그 이유는 사진이 우리 안에 숨은 번뜩이는 생각인 '직관'을 부르는 초대장이기 때문이에요. 몇 번이고 다시 볼 수도 있고요.

자, 이제 상상해 봅시다.
아이는 왜 여기 스티커를 붙였을까?
왜 이렇게 낙서했을까?
그건 바로 이런 이유 때문일 거야.

저는 이런 상상을 이어가는 것 자체가 즐겁습니다. 상상을 하고 시를 쓰다 보면 일상이 달라집니다. 시든 하루가 반짝 싱싱해집니다.

이렇게 만난 장면이 어떻게 시가 되었는지 보여드릴게요.

스티커 낙서

꼬마 피카소의 담벼락 편지예요

가끔 이불에 실수도 하고
장난감 사달라고 마트 바닥을 뒹굴며

청소하기도 하지만요
커서, 이다음에 더 자라서
아끼는 그림을 그리게 되면
이 벽에 걸어드릴게요
약속합니다

자, 일상을 반짝이게 해주는 폰카 시의 세계로 함께 떠나보아요!

핸드폰 사진 Tip

사진을 꼭 잘 찍을 필요는 없어요. 그 장면에서
어떤 느낌을 받느냐가 더 중요하지요. 자유롭게 찍으면 됩니다.
물론 최소한의 요령을 알아두면 조금 더 편하게 사진을
찍을 수 있어요.

수평 맞추기

카메라 설정에 들어가면 '격자' 또는 '안내선'이라는 옵션이 있습니다. 이 옵션을 켜주세요. 화면에 나타난 선에 찍고자 하는 풍경이나 사물의 가로선 또는 세로선을 잘 맞춘 후 사진을 찍어주세요.

밝기 조절

사진이 어둡게 나올 때 액정을 터치하면 초점이 잡히고 밝기 조절 슬라이드가 나타납니다. 슬라이드를 조절해서 사진을 찍을 때의 밝기를 조절할 수 있어요.

렌즈 닦기

핸드폰은 후면 및 전면 카메라 렌즈에 손때가 묻기 쉬워요. 흐릿한 사진이 자주 찍힌다면 카메라 렌즈를 깨끗하게 닦아보세요. 극세사 안경닦이가 하나 있으면 편하답니다.

후보정

핸드폰에 있는 기본적인 기능으로 잘라내기, 각도 조정, 밝기와 색감 등의 보정이 능합니다. 마음에 드는 부분만 잘라내거나 어두운 사진의 밝기를 조절해 보세요. 새로운 느낌이 들지요? 그러나 뭐니 뭐니 해도 사진을 잘 찍는 가장 좋은 방법은 찍는 걸 좋아하고 많이 찍어보는 것입니다.

PART 1

너는 너답게 빛나고 있어

수건이 제 얼굴을 가렸다가 내줍니다.
수건 아래에서 위로 쓰윽 솟는 내 얼굴.
수건은 얼굴을 어루만지며 말합니다.
"당신은 오늘 아침 떠오른 눈부신 해입니다."

수건은 아침마다 내게 용기를 줍니다. '엄마'처럼요.

나는 해

수건은 위에서 아래로 내려오면
내 얼굴은 아래에서 위로 뜹니다

수건은 수평선
나는 해
이 세상을 밝혀줄 빛나는 해
가자, 해야
오늘도 나답게 빛나자

모양 자로 여러 모양을 본떠 그리는 걸 좋아해요.

제가 그린 동그라미는 무엇이 될까요?

얼굴이 될 수도 있고 바퀴가 될 수도 있고 굴렁쇠가 될 수도 있어요.

무엇이 될지 모르는 동그라미. 꿈을 꾸는 동그라미.

날마다 태어나는 동그라미.

내 얼굴.

내게 달렸어

동그라미를 그리고
나를 불러들이기로 합니다
눈꼬리를 올릴까, 내릴까
입은 오므릴까, 입술 끝을 올릴까
나는 울 수도 있고
웃을 수도 있고
화를 낼 수도 있습니다

아침마다
동그라미를 그립니다
입꼬리를 올릴지 내릴지
눈썹을 올릴지 내릴지
나를 그리면 됩니다

천안의 명물, 튀김 소보로 호두과자를 먹었습니다.
어여쁜 기름종이 꽃이 피었습니다.
부스러기 흔적은 얼마나 맛있게 허겁지겁 먹었는지 보여주는
증거입니다.
꽃가루처럼 날린 과자 부스러기를 봅니다.
꽃이 가루받이하듯 호두과자도 짝을 맺을 수 있으려나요?

꽃받침이 될 테야

이 안에만 들어가면
무엇이든지 꽃봉오리
오늘은 튀김 소보로 호두과자 꽃봉오리
무화과꽃이라 부를게요
튀김옷 안에 호두과자 들었거든요

빈 병은 소라 껍데기와 같은 부류죠.
소주가 담겼던, 주스가 담겼던, 잼이 담겼던.
'담겼던'이라는 과거형입니다.
현재는 비어서 무언가를 받아들일 준비가 끝난 상태입니다.
숟가락을 꽂으면 마이크가 되겠고요.
숨을 불어 넣으면 관악기가 될 수도 있겠군요.
호이호이. 해녀들의 숨비 소리를 흉내 낼 수도 있고요.
빈 병에 누가 들어와서 살기도 하죠.
인연을 찾는 여정이 무척 기대되네요.

소주 팻말을 달았던 빈 병은 마침내 존재의 정의를 다시 내렸습니다.
다른 문패를 달았습니다.

빈 병

소주가
이사 가면
참기름이
들어와 산다
새로운 인연이
시작된다

지우개는 지우기만 하고 그리지 못할 거라는 편견은 버립시다.

지우개에게 한번쯤은 물어보자고요.

"너의 취미는 뭐니?"

지우개의 본업은 지워 없애는 '지우기'지만

지우기가 '그리는 것'을 취미로 갖기도 합니다.

깜지 종이에 지우개가 지우며 그림을 그립니다.

지우개와 연필이 있나요? 그렇다면 사랑을 쓰시겠군요.

거듭거듭 쓰는 사랑. 온 마음으로 응원할게요.

일과 취미

지우개의 일은 지우기
지우개의 취미는 그리기
흰 종이 가득 연필로
까맣게 칠한 도화지에
지우개는 그리고 싶은 그림을 지워요

부여 낙화암을 보려고 배를 탔습니다.
배에서 구명조끼를 입은 투명 인간을 만났습니다.
그것도 두 명씩이나요!
저는 그들을 빤히 보았습니다.
이런, 저와 눈을 맞추지 못하는군요.
수줍어하는 투명 인간의 MBTI를 진단해 보았습니다.
음, 하지만 단정 짓지는 않을래요.
선입견을 품으면 안 되니까요.

투명 인간의 MBTI

언제든 여러분이 위험에 처하면
날렵하게 달려가 구해줍니다

빤히 보지는 마세요
부끄럼이 많거든요

바퀴라는 생명체를 소개합니다.

모양: 주로 둥근 몸체를 가졌음. 크기는 다양하며
가끔 세모나 네모 등 다각형을 지향하는 개체도 있음.
습성: 틈만 나면 구름.
먹이: 공기.
천적: 갯벌이나 모래밭, 진흙탕을 싫어하며
땅에 박힌 못, 압정 등 뾰족하고 날카로운 것들.
수명: 평균적인 수명은 5만 킬로미터이나 근육질에 따라 천차만별.
일부는 보일러 연료로 쓰이기도 하고 교통안전 시설물처럼
전혀 다른 모습으로 부활하기도 함.

배고픈 타이어 구호 영상

누가 공기 좀 주세요
굶주림에 처한 이 타이어들을
외면하지 말아주세요
하루에 풍선 하나만큼이면 충분해요
쌩쌩하게 부활하려는
이들의 꿈을 응원해 주세요

해운대 해수욕장으로 가는 길에 수줍은 동백꽃을 만났습니다.
동백꽃 붉은 봉오리가 봉긋봉긋.
세상에 나오려고 힘을 주는 게 보였어요.
꽃잎을 펼치려고, 금방이라도 나오려고 저렇게 힘을 줘요.
병아리가 알에서 깰 때 어미가 부리로 쪼아주는 것처럼
누가 얼른 도와줘야 하지 않을까요?

응원가

어머! 예뻐라!
내가 큰 소리로 쪼았어요
참 예쁘다!
내 친구도 진심으로 말했어요
어쩜, 곧 피겠다!
길 가던 사람들도 거들었어요

다음 날 가니 동백꽃이 방긋, 벙긋
세상에 나왔더라고요
말은 이렇게 힘이 세요
꽃을 활짝 웃게 해요

수박이 진찰실에 들어왔습니다.
우리에게는 손등 청진기가 있습니다.
두드려서 숙성 정도를 알아냅니다.
아리송합니다.
맛있는 수박일지, 덜 익은 수박일지.
수박마다 다른 소리를 내니 알아채기 쉽지 않군요.
수박 감별사 경력이라면 우리 할머니를 따라갈 사람이 없죠.

수박의 언어

톡톡,
수박의 언어로 물었다
수박은 주로 두 글자로 말한다고
할머니가 힌트를 줬다
실제 그랬다

탱탱!
튕겨 나올 듯 신난 목소리
깨어날 준비가 됐단다
나는 바로 알아들었다
언어 장벽은 없었다
지난여름 시골서 보낸 어학연수 덕이다

쩌억!
수박이 빨강을 뽐내며
환호성을 질렀다

까맣고 통통한 씨가 촘촘촘
서로 바통을 이으며 말했다
누가 뭐래도 우린
빨강이 될 거야
바람, 흙, 햇살, 비
고개를 끄덕였다

행운을 손에 넣으셨군요.

떨어지는 은행잎을 잡으신 건가요?

아뇨, 주웠는데요.

행운을 선택하는 건 그 누구도 아닌, 제게 달렸거든요.

행운은 잡는 게 아닌 집는 것

떨어지는 은행잎을
나부끼는 벚꽃잎을
내려오는 낙엽을
잡으려고 애쓰시나요?

이미 곁에 와 있어요
손으로 행운을 집기만 하면 돼요
조금만 시선을 바꿔보아요
가까이에 행운이 널려 있는 게 보일 겁니다

제가 강의하는 수업 첫날, 연세 지긋한 수강생 한 분이
모두와 나누려고 사탕을 가져오셨습니다.
나누려는 마음이 시가 아닐까요?
시를 몸소 보여주셨습니다.
그 마음을 생각하며 사탕을 앞에 두고 찬찬히 말을 겁니다.
"가운데가 막히는 바람에 도넛이 아닌 사탕이 되었니?"

사탕

녹는다
비누와 닮았다
달콤 거품을 내
혀를 씻는다
말이 말끔해지겠다
말 향이 달콤하겠다

혀끝에 남아 있다
여운!

눈은 눈사람을 불러 모으는 초대장입니다.
초대장을 휘날리며 달려온 눈사람이
'안녕? 반가워.'
웃으며 서 있습니다.
우는 눈사람은 없습니다.
잠시 왔다가는 인생, 웃으라는 듯.

눈 오는 거리

거리는
온통 산부인과입니다

하얀 신생아들을 맞아
출생 신고 한창입니다

PART 2

너라는 별이 상처 나지 않게

달고나를 얻기 위해서는 먼저 광부가 되어야 합니다.
땅에 내려온 별을 캐는 광부가 되어 조심조심.
우산 손잡이가 부러지지 않게, 별이 상처 나지 않게.

달싹한 것들을 캐는 날은 내가 광부입니다.

사랑 점치기

우리 하트가 이렇게 반듯하게 뽑혔어
하트 냠냠
둘이서 냠냠
우리 사랑도 달고나 달아
오래 달곰하자고
냠냠

지금부터 카운트다운이 시작됩니다.
특별한 24시간이 오늘의 주인공에게 주어집니다.
어떤 일이 일어날까요?
기대해도 좋아요.
1년에 한 번 마법 같은 일이 당신을 찾아갑니다.

생일 케이크 촛불

일 년 동안
날마다 올라
케이크 산 정상에
꽂는 깃발

보도블록에 웬일로 철근이 박혔을까요?
잘린 철근 안을 둥지 삼아 풀씨가 자리를 잡았습니다.
좁은 보도블록 틈에 핀 꽃도 그렇고요.
이런 모습을 보면 웅장한 마음이 들곤 합니다.
마치 총알이 난무하는 전장에서 살아남은 목숨을 목격한 기분이랄까요?
철근 안으로 들어온 풀씨는 무슨 생각을 했을까요?
철근 안에는 흙이 먼저 자리를 잡았겠죠.
철근은 풀씨를 품으며 어떤 기분일까요?

품

품지 못할 품은 없다
좁으면 좁은 대로
크면 큰 대로
내어주는 마음이란
쇠붙이도 말랑한 화분으로 만든다

여름과 가을이 동거하는 계절입니다.

'리틀 포레스트' 영화 촬영지에 갔습니다. 그곳에서 밤나무를 만났습니다.

여리게 보여서 살짝 손가락을 댔는데

"앗, 따가워!" 하고 저절로 비명이 발사됐습니다.

밤송이는 잔뜩 성이 나 있더라고요.

꾹 다문 밤송이가 이렇게 묻는 것 같았지요.

'가을이 그리 쉽게 벌어지는 줄 알아?'

따끔했습니다.

사이의 계절

사춘기를 맞은 밤송이
무조건 쏘고 본다
아직은 때가 아니라는 뜻이다

우리는 안다
지금 여름이 아무리 뒤통수에 대고
이글거려도
곧 가을에게 자리를 양보하리란 걸
사춘기도 지난다는 걸
가시도 누그러질 거라는 걸

우리 곁에 흔한 꽃으로 민들레만 한 게 있을까요?
노랗게, 하얗게 두 번 꽃을 피웁니다. 걸음을 붙잡는 들꽃이죠.
민들레는 애써 지은 솜털 집이 부서져야 웃습니다.
떠나보내는 마음은 홀가분하려나요.
우주선을 닮은 씨앗 풍선.
바람을 기다립니다.
부디 좋은 곳에 당도하기를.

민들레씨 탐구

좌우명:

택배만이 살길이다

다짐:

파손되어도 반품 안 합니다

좋은 소식:

한 톨도 남김없이 싹 파손시켰습니다

고객 후기:

파손 전문이라니, 우수한 택배 기사군요 또 이용할게요

사용법:

노란 등이 켜질 때까지 기다리면 돼요

담벼락을 채워가는 푸른 잎,
담쟁이입니다. 담쟁이라는 이름 속
'쟁이'에 집중해 봐요.
'쟁이'라는 말은 낮추어 홀대하여
부르는 이름이라 생각하지만
전문가(특히 장인들)에게 부여되는
거룩한 이름이기도 합니다.
담을 오르는 일을 평생 업으로 삼고
비가 오나 눈이 오나 하루하루
묵묵히 오르는 담쟁이의 예술혼은
전문가로 불려야 마땅하죠.
'쟁이' 칭호를 부여함이 마땅하고말고요.

누가 처음 담'쟁이'라고 불러줬을까요?

키가 자라고 파릇해지다 늙고
다시 태어나는 담쟁이.
푸르른 청년! 여름이 붙여준
또 다른 이름입니다.

담쟁이 장인

평생 담을 오르는 게 저의 일이에요
오늘이라고 다를까요
오늘도 담에 매달려 있지요
나는 쟁이니까요

문득 궁금해졌습니다.
주전자 옆에 불룩 튀어나온 부분은 무엇일까요?
(주둥이라고는 하지 말아요. 상상력이 '입'으로 한정되어 버리니까요)
코일까요? 입일까요? 다른 무엇일까요?
'코'라면 콧구멍이 하나라 콧구멍을 파며 놀기에 아쉬움이 있겠네요.
코가 좀 긴 족속이 되겠고요.
'입'이면 조류로 분류하면 되려나요. 부리가 긴 주전자 새라고 할까요?

주전자를 관찰하는 동안 수많은 이야기가 스칩니다.
주전자가 있는 풍경에 제가 있습니다. 시를 쓰면서요.
어쩌면 주전자는 수줍은 누군가를 대신해
데이트 신청을 해주는 친구인지도 모르겠습니다.

주전자가 있는 풍경

시가 든 주전자
그럼 시를 끓일게요

저랑 시 한잔하실래요?

햇살 따라서 이사 다닙니다.
햇살 유목민입니다.
자석에 이끌리듯,
내 영혼의 기원이 그곳이라는 듯,
몸을 맡깁니다.
안식처가 분명합니다.

창 쪽으로 난 강아지

돋보기 아래
검은색 종이처럼
한자리에 드러누워
빛을 모으는 우리 집 강아지
햇살 자장가를 들나 봅니다

잠이 듭니다
반짝반짝 자장자장
찹쌀떡처럼 늘어집니다

꽃이 필 때는 한꺼번에 왁자하게 피지 않습니다.
봉오리마다 제 순서를 기다립니다. 저마다 순번이 있죠.
꽃봉오리들이 터지는 건 사실 말을 꺼내는 게 아닐까요?
"할 말 많지만 오늘은 요까지!"
말을 아끼며 밀당하듯이.
'오늘은 요까지만 보여줄게.'
'아니, 여기까지만 말할게.'
꽃은 말입니다. 우리에게 건네는 말.

꽃구경

눈과 귀를 기울여
말을 듣는다

내일 또 쏟아낸 말을 보러 가야지
피고 지는 마음을 헤아려 봐야지

저는 소보로빵을 좋아합니다.
특히 저 우둘투둘한 부분을 뜯어먹는 걸 좋아합니다.
가만 보면 빵이 폭신한 외투를 입은 것처럼 보이지 않나요?
손가락이 부지런히 외투를 벗기고 나면 매끈한,
내복만 입은 빵이 나옵니다.

산타가 되고 싶게 하는 빵

빵이 입은 외투를 살살 벗겨
내 입안에 감춘다
오돌토돌 외투 맛은 바삭 달콤하다

내 몸 안에 외투가 들었다
배고프고 추운 이에게 그 외투를 꺼내
나눠줄 수 있기를

겨울, 겨울에 하는 체험 중 가장 잊지 못할 체험은 얼음낚시가 아닐까요?
얼음판 동그란 구멍에 낚싯대를 드리워요.
모자까지 푹 눌러쓰고 손을 호호 불며 송어를 낚았었죠.
그 손맛을 잊지 못합니다.
겨울도 지난 이 봄날에 저는 구름 물고기 낚시를 왔습니다.

구름

하늘 바다 물고기들은
어디로 간 걸까요?

몇 마리
입질만 하다 갔습니다

서너 그루 나붓거리는 수풀에
물고기들 숨었을까요

나는 또 기다립니다

PART 3

누군가에게 당아야만 맘껏 울 수 있어

어억어억 소리 내 우는 새.
억새는 이름만 보면 단단한 마음을 가졌을 것 같은데
바람이 오면 머리칼을 풀어 헤치며 통곡합니다.
무슨 서러운 일을 겪었는지 울음을 쏟아냅니다.
울고 나면 저 가을 하늘처럼 청량해지겠지요.

위로

억새가 우는 줄 알았는데
바람이 우는 소리였습니다

바람은 아무리 울고 싶어도
혼자서 소리 내 울지 못합니다
누군가에게 닿아야
휘잉
휘잉
맘껏 울 수 있습니다

억새는 바람의 눈물을
빗자루 같은 손으로 연신 쓸어줍니다

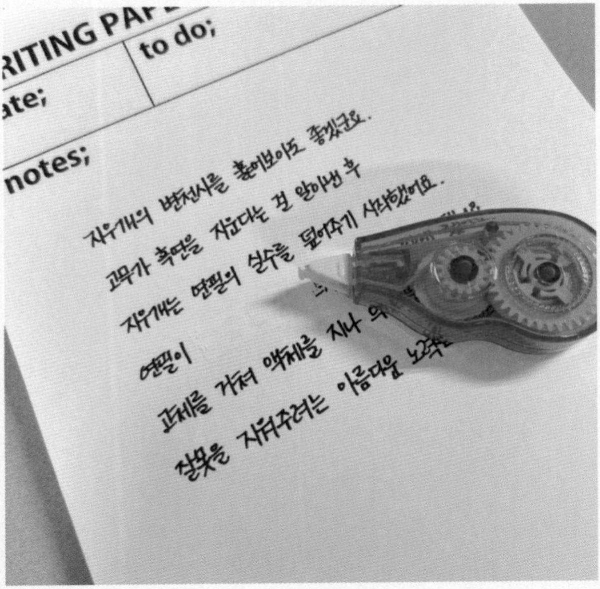

지우개의 변천사를 훑어보아도 좋겠군요.

고무가 흑연을 지운다는 걸 알아낸 후

지우개는 연필의 실수를 덮어주기 시작했어요.

연필이 잘못 든 길을 고치며 나아가게 됐어요.

고체를 거쳐 액체를 지나 의약품(?)에 이르기까지

잘못을 지워주려는 아름다운 노력은 계속되고 있습니다.

수정 테이프 반창고

저런, 글씨가 다쳤군요
걱정 말아요 곧 낫게 해줄게요
내게 반창고가 있거든요

찌이익,
그것 보세요
감쪽같이 나았네요

곧 반창고 위에 새살이 돋겠네요

반창고도 약이니
너무 많이 쓰지 마세요
덕지덕지 라고 놀림 받을 수 있어요

티슈는 닦아주고 풀어주고 없애줍니다. 한 장 한 장 사연을 찾아 떠납니다.
누구 코를 풀어주고, 누구 땀을 닦아주고, 누구 음식물 흘린 걸 덮어주고, 고쳐주고.
참 선한 직업입니다.
떠날 줄 알면서도 짧다면 짧고 길다면 긴 시간 동안
동거자들이 떠날 때마다 티슈 상자는 텅 빈 가슴이 되어가겠죠.
티슈에게도 마음이 있고말고요.
'티슈의 이상형 월드컵을 해볼까' 하는 짓궂은 마음이 드는 건
낮은 곳에서 일하는 그들을 잠시라도 웃게 해주고 싶기 때문입니다.

티슈의 이상형 월드컵

과연 티슈의 선택은?

아기 똥 vs 아기 콧물
유치원생의 콧물 vs 유치원생의 눈물
초등학생의 눈곱 vs 애인과 헤어진 언니의 콧물
요리하다 베인 형의 손가락 피 vs 할머니의 귓밥
강아지 오줌 vs 고양이 똥
…… vs ……

오늘 만난 들판의 톱스타들입니다.
얼마나 많은 이들의 사랑을 받았는지 자랑스레 증표를 내보입니다.
뽕뽕뽕뽕뽕뽕······.
큐피드의 화살 자국일까요?
햇살이 구멍을 드나들며 뛰놉니다.

배추밭 인기투표

가장 맛있는 배추는 누굴까?
애벌레로부터 동그라미를 가장 많이 받은
배춧잎
구멍이 숭숭

배추밭 인기투표
가장 맛있는 이파리에
좋아요 표시가 수두룩

도서관 강의실 의자예요. 의자가 양말을 신은 걸까요?
아니면 장화일까요? 그렇다면 둥근 장화네요.
저도 이 장화를 신어보고 싶어서 발을 오므려 봅니다.
아이쿠, 제 입만 오므려지네요.
의자 발은 동그랗게 생겼을까요?
발은 신발 속에 잘 숨었네요.
'절대 안 보여줄 테다.'
조용한 의지를 담은 의자라고 별명을 붙여봅니다.

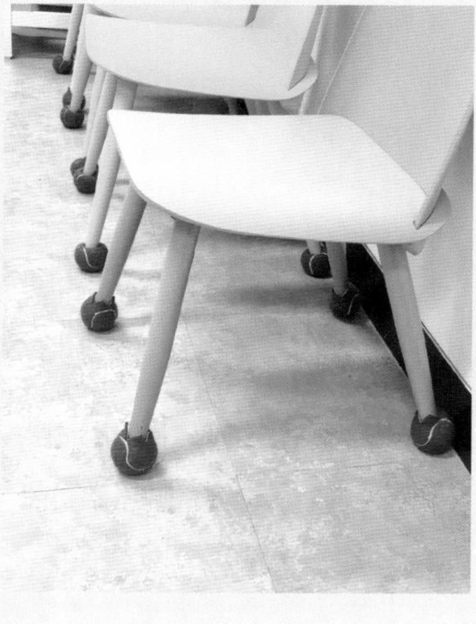

시 쓰는 날의 날씨

어린이 시인, 열다섯 분이
시를 쓴다
시 비가 내리는 강의실
의자 장화들이 시에 젖는다
세상이 한 뼘 맑아졌겠다

공장에서 태어난 과자는 포장이 똑같습니다.

똑같은 유니폼을 입고서 얌전하네요.

세상에서 가장 얌전한 척하기 상을 줘도 되겠습니다.

찌지직, 유니폼이 벗겨지면 그날로 퇴직입니다.

'옷 벗었다'라는 관용구는 이런 과자를 두고 한 말일까요?

부스럭, 요란한 소리는 마지막을 서러워하는 웃음입니다.

오늘 옷을 벗고 과자로서의 임무가 끝났습니다.

이제 나의 과자는 가고 없습니다.

은퇴 기념 노래

과자의 은퇴식에
어울리는 음악은
부스럭 부시락
럭럭 락락
로큰롤 베이비
럭럭 락락
로큰롤 베이비
과자가 떠났다
노래로 떠나보냈다

볼록, 불룩하고 매끈한 구멍
커다란 귀가 달렸습니다.
버짐 피듯 건조해진 피부는
딱지가 되어 일어납니다.
한 겹 한 겹 허물을 벗습니다.
여전히 자라는 중인가 봅니다.
자람을 멈추지 않는 나무.
"내가 들어줄게. 쉬어가렴."

늙어도 늙지 않는
나무의 품격을 봅니다.

나이를 먹는다는 것

나무는 나이를 먹으며
퍼석퍼석 허물을 벗는다
뾰족 혹을 내민다 큰 귀다

그늘을 만들어
온갖 것을 불러들인다
내가 들어줄게
가만히 듣기만 한다

누가 먼저 쌓기 시작했을까요?

그 기원은 누가 집은 돌멩이 하나였겠죠.

탑이 되면서 돌에게 초능력이 생깁니다.

너도나도 소망을 되뇌며 얹습니다.

돌탑

탑이 되는 순간
돌에는 귀가 달립니다

마음을 듣는 귀
소원을 듣는 귀

돌탑은 귀 기울여
마음을 듣습니다

빨간 눈물방울들이 길가에 뚝뚝.
오월이 간다고. 나의 계절이 간다고.
길가에 흩뿌려진 눈물이 한 바가지.
눈물이 마르려면 멀었다.
울타리에 대롱대롱, 그렁그렁.
어인 슬픔이 이리 깊고 애달플까요.
처연히 어여쁠까요.

한정판 유혹

감출 게 많은 울타리
옷을 입었다
붉은 입술을 매달았다
여길 봐요
오월의 유혹
제발 보고 가요
눈물을 떨구며 붙잡는다

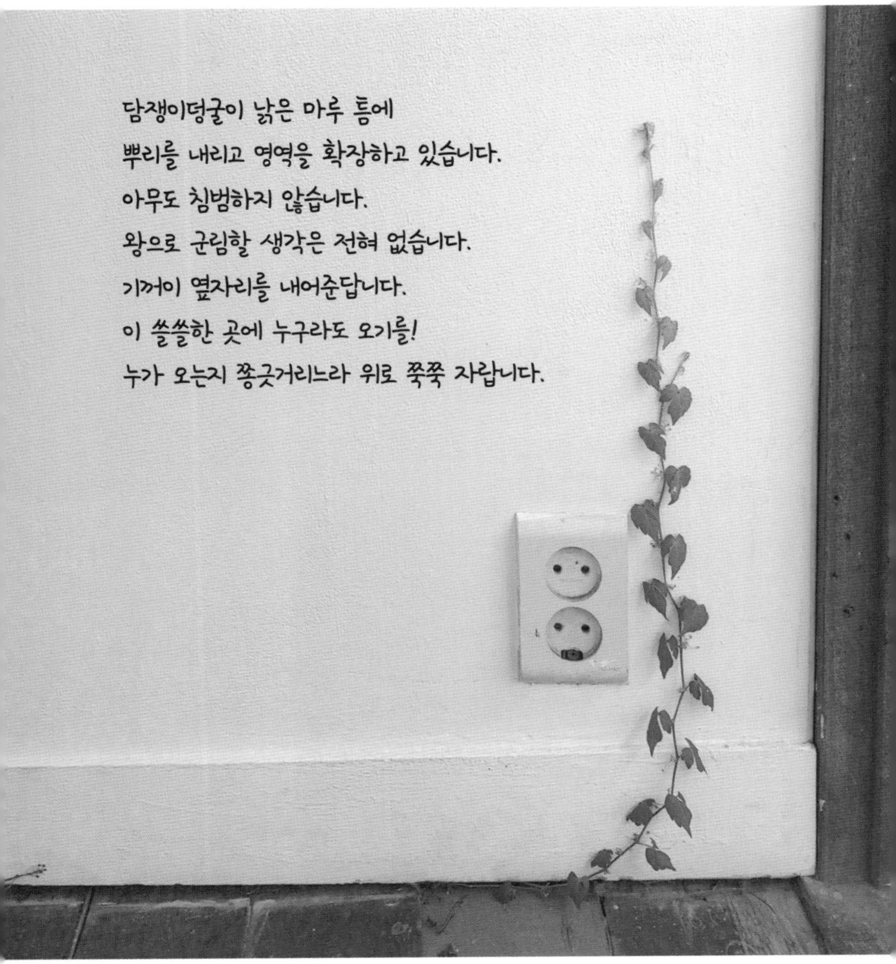

담쟁이덩굴이 낡은 마루 틈에
뿌리를 내리고 영역을 확장하고 있습니다.
아무도 침범하지 않습니다.
왕으로 군림할 생각은 전혀 없습니다.
기꺼이 옆자리를 내어준답니다.
이 쓸쓸한 곳에 누구라도 오기를!
누가 오는지 쫑긋거리느라 위로 쭉쭉 자랍니다.

엿보다

틈을 파고든
담쟁이
푸른 쫑긋거림

이제나저제나
친구들이 얼굴을 내밀까 하고

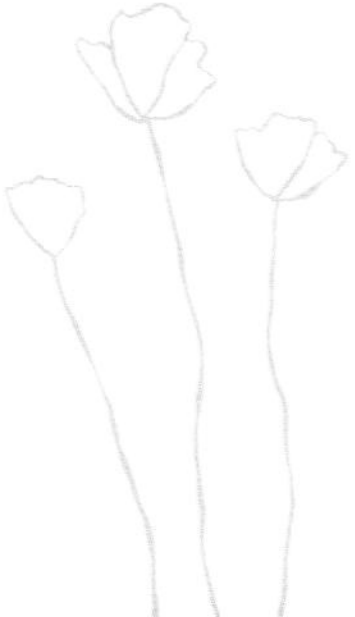

개구리 동네에는 마이크가 필요 없습니다.
누구나 힘껏 소리 지릅니다.
돌림 노래가 제일 자신 있나 봅니다.
개구리들은 노래하는데 왜 자꾸 운다고 하는지 불만입니다.
개구리 볼이 불퉁한 까닭입니다.

개구리의 눈물

개구리가 울어서
연못이 깊어집니다
눈물이 만든 연못입니다

연못에 꽃이 핍니다

PART 4

네게만 살짝 알려줄게

강연이 있어서 아침 일찍 집을 나섰습니다.
가을에는 종종 안개가 엄청난 구간을 지납니다.
'이 길을 따라가면 배고픔이 없는 무릉도원에 닿는 걸까?'
그런 상상도 했는데요. 무릉도원을 달렸음에도 불구하고 허기가 일더군요.
집에 오자마자 곰국을 데웠습니다.
(어릴 때는 곰국에 곰이 들어 있는 줄 알았습니다.
걱정하지 마세요. 곰은 여기 절대 없어요)
곰국에 파가 빠지면 안 되죠.
뿌려진 파가 아침 간편식의 정체성에 대해 들려주네요.

곰국에 빠진 파가 하는 말

이건 우유가 아니에요. 곰국이랍니다
나는 우유와 헷갈리는 당신을 위한 표식입니다

당신께만 살짝 알려드리는 건데요
우유에 콘플레이크를 말아 먹게 된 건
우리가 힌트를 드린 거라고요
파하하하하하

원래 달맞이꽃은 이름처럼 밤에 피는 꽃입니다.
그러나 낮에 피는 낮달맞이꽃도 많습니다.
노란색, 분홍색, 흰색, 색깔도 다양합니다.
원래는 해를 싫어했지만, 마음을 고쳐먹은 걸까요?

내 눈에 콩깍지

낮에 피는 낮달맞이꽃은
낮달을 알아본다
제 눈에는 다 보이는가 보다
아무리 해님이 가려도
꽃눈에는 훤히 뜨는가 보다

와이파이 공유기. 요즘 우리에게 없어서는 안 될 물건이지요.

"세 개의 더듬이"라고 읽어봅니다.

부제는 '너를 찾아서 나를 세우다'로 하면 어떨까요?

안테나는 왜 세워야만 할까요?

누굴 찾는 걸까요?

미아를 찾는 걸까요?

'얘야, 어디 있니? 엄마 여기 있다.'

서로를 향한 이끌림일까요?

너를 찾아서

어디 있나요?
어디냐고요?
속 터지게 하지 마요
잘 터져야 하는 건
바로 당신이니까

태안 파도리에 있는 '커피인터뷰'라는 카페 입구입니다.
문손잡이에 마치 뗀석기가 붙어 있는 것 같더군요.
이 문을 열고 들어가면 구석기 시대로 타임 슬립하는 건가 하는
기대도 없지는 않았습니다.
문을 열자 그곳에는 중요 부위만 가린
역사책 그분들과는 달리 옷을 입은 사람들이
웅성웅성, 요란한 수다로 철옹성을 짓고 있었습니다.

신인류

어라,
카페 손잡이에
뗀석기 두 덩이를 옮겨놓았네
구석기 박물관인가?

문을 열고 들어가니
커피에 중독된 커핀스들이
커피 사냥에 몰두하고 있었다
수다를 기록하며

바다는 멀지만 파도는 가까이 있습니다.
차를 데리고 자동 세차기에 들어갔습니다.
정지 상태인데 차가 움직이는 것 같습니다.
주차 기어를 확인하게 됩니다.
자, 바다에 왔으니 당연히 서핑할 준비는 하셨겠지요?

우리 동네 바다

여기는 자동 세차기 해변
파도가 몰아친다
거품을 뿜으며
다가왔다가 사라지는 포말
발을 담그려다
눈으로만 파도를 탄다

3분짜리 바다 여행이 끝났다

길을 가다 고구마를 만났습니다.
장바구니에서 탈출한 걸까요?
네모반듯한 보도블록이 방인 줄 알았을까요?
어찌하여 노숙자 신세일까요?
이곳에 붙박인 연유가 궁금합니다.
눈에 잘 띄어야 살 것 같은데
붉은색 보도블록 위에서 카멜레온처럼 보호색을 띱니다.
건드리면 가만 안 두겠다는 듯 힘줄까지 불룩입니다.

길고구마

버려지면 뿔이 납니다
주인을 찾는 눈이 하나둘씩 늘어납니다
불룩불룩, 핏대 세우며 화도 내봅니다

주인님, 빨리 데리러 오세요
여기서 기다리라고 했잖아요
꼭 올 거라고 했잖아요

뚝딱, 산을 만들어 파는 가게가 있더군요.
분홍 산 하나를 샀습니다.
산은 태양신의 시기에 녹아버릴 위험에 처했어요.
그대가 있는 곳까지 재빨리 옮겨야 해요.
이 산은 태양신보다 더 강렬한 우리 입김에 녹아 무너질 거예요.
그렇죠. 바로 정상부터 정복해요. 소프트하게.

거꾸로 산

둘이 같이 먹어요
시원함이 퍼져요
혀가 웃어요
태양보다 빠르게 산을 정복해요
달콤함이라는 정상에 닿아요

산에 눈이 그치고, 이제 서서히 녹고 있습니다.

입이 가장 먼저 녹아서 열렸네요.

말을 막 쏟아내고 있어요.

귀를 켜고 상상력 스위치 ON.

입산 주의 안내문

괴물 출몰 지역
환영 인사 준비하시오
곧 수다스러운 괴물이 나타납니다
괴물 이야기가 궁금하신 분들만 가시오
눈이 녹으면 괴물은
제 나라로 돌아가 버립니다

사방은 흐린 어둠이고 비가 내리는 것 같아 우산을 쓰고 나왔어요.

비 오는 거야? 안 오는 거야?

우산 밖으로 손을 내밀어 비 맛을 봅니다.

우산의 힘을 빌릴지 말지 진단하는 것이지요.

어떻게 결론을 내렸을까요?

우산을 접었을까요? 그대로 쓰고 갔을까요?

부슬비 내리는 날

내 손은
청진기입니다
창밖으로 손을 내밀어
비가 오나 알아봅니다
얼마나 오나 확인합니다
비의 세기를 잽니다

거리에는 온통 벚꽃 얘기뿐입니다. 소문이 파다합니다.
간밤에 비를 따라 벚꽃잎들이 몸을 던졌다고.
떠날 때가 언제인지 정확히 알고 있더라고.
다음 생에도 벚꽃으로 태어날 거라며 날아갔다고 합니다.
그 모습이 무척 아름다웠다고.
벚꽃다웠다고.

필연적 우연

비를 만나자
벚꽃들이 따라 내렸습니다
행선지가 같다며
길동무로 그만이라고도 했습니다
우연인듯 보이지만 필연입니다
봄비와 벚꽃은 그렇게 함께 떠날 운명이었습니다

PART 5

오늘도 애썼어

케이블카에서 내려다본 장면입니다.

바다가 맞나?

빨간 등대가 엄마 립스틱처럼 보입니다.

고요한 화장대 같죠?

엄마 화장대에 아이가 장난감 배들을 줄 세우고

"잘 자. 내일 봐."

인사하고 자러 갔는지도 모르겠습니다.

가지런히 붙어 쉬면서 도란도란 속닥거리다 배들도 잠이 들 테지요.

오늘도 애썼어

빨간 등대가 보이면
비로소 엄마 품
토닥이며 맞아주는 곳
이제 마음 편히 쉬어도 좋아
단잠에 들려무나

배들은 온전히 안기기 위해
항구로 온다

우리 집 강아지 리오랑 저녁 산책하러 나가서 올려다본 서쪽 하늘입니다.
노을이 번지기 시작한 하늘에 구름이 물드는 것이 구워지는 와플색이네요.
곧 와플은 더 노릇해질 테지요.
하늘나라 카페 마감 시간이 얼마 남지 않았네요.
곧 가게 문을 닫겠고요.
까만 커튼이 드리우겠지요.

내일 또 만나요!

저녁 하늘

하늘나라 와플 카페
와플이 노릇해질 때까지
조금만 기다려주세요
여기, 커피 먼저 드릴게요

주의: 구름 와플은 꼭꼭 씹어 드세요
이 부러져도 책임 못 져요

요즘 강연이 잦습니다. 아이들과 만나 시를 씁니다.
강연 중에 마셨던 물통을 가지고 나왔습니다.
재활용 통에 버릴 때 알았습니다.
비닐로 된 상표 라벨을 과감히 벗었네요.
투명이 주는 신뢰가 이런 거구나.
겹겹이 무언가를 걸치지 않은 몸.
물의 모습이 진실해 보입니다.
퍽 바람직합니다.

아이들은 시인으로 세상에 왔다

투명한 물처럼
투명해지는 시를 만났다
어린이의 세계를 그대로 보여주는 시들

투명한 것은 전염성이 강하다
나도 아이들에 물들고 싶다
한껏

일을 마치고 기차에서 내리니 밤 11시.
밤에 쓴 연애편지는 다음 날 아침에 보면 화끈거린다고 하죠.
어젯밤 기차역에 내려서 찍어둔 이 풍경은 낯 뜨겁기는커녕 아련하고 벅찹니다.
여름과 가을 사이. 계절이 옷을 갈아입는 소리가 들리는 듯한 이때.
자주 두 팔을 벌리고 싶어집니다. 가슴이 잔잔히 일렁입니다.
이즈음 연애편지를 받았던 추억도 한몫하겠죠.

밤에 쓴 연애편지

부치자
전송을 누르자
가끔 추억할 테니까
유치한 연애편지도
자존감이 충만해지게 하니까

순간의 감정에 충실했던 글은
나의 한 모습, 살아 있었다는 증거니까!

티백 차는 바로 마실 수 없습니다.
우러나올 때까지 기다림이란 미덕이 필요합니다.
티백을 건져 컵 위로 듭니다.
티백은 물방울을 떨어뜨리며 그네를 탑니다.
어라, 최면을 걸 때 좋은 도구가 될 것 같군요.
컵 위에서 뱅글뱅글, 흔들리는 티백을 바라보세요.
잠이 온다. 잠이 온다. 잠이 온다…….

티백 자장가

티백은 자장 그네
보고 있으면
잠이 온다
흔들흔들

똑 똑 똑
그네는 흔들리며
잠방울을 떨어뜨립니다

메아리를 꼭 산에 가야 만날 수 있는 건 아니에요.
대관람차 정상에서 메아리를 불러내 볼까요?
뭐라고 하든지, 누굴 부르든지 자유입니다.

자, 소리 질러!

메아리

내가 풀어놓고
내가 거둬요

야호~
야호~
내가 준 만큼 돌려줘요

이자도 없고
빼는 것도 없는
정직한 말 그림자

지갑, 가지고 다니시나요?
핸드폰에게 일자리를 뺏기고 있습니다.
하지만 멸종되기엔 아직 이릅니다.
비싼 값으로 존재감을 드러내며
귀한 대접을 받는 부류도 있거든요.
여기에 무엇을 새로 담으면 좋을까요?

멸종 위기

인공 지능 시대라나
수많은 직업이 사라지고
새로운 직업이 생겨난다

지갑은 어떻게 될까?
살아남으려면
하나를 넣으면 둘이 되게 하는
요술 단지를 찾아가 비법을 배워야 하려나

공이라는 물고기를 낚는 그물입니다.
어부는 그물을 쳐놓고 물고기가 걸려들기를 기다립니다.

종일 가야 빈 그물입니다.
밑 빠진 그물이라는 걸 언제 알아챌까요?
어쩌면 잡을 생각이 없는 건지도 모르죠.

오늘의 득점은?

구름은 가볍게 골인
바람은 날아서 덩크슛
햇살은 튕겼다가 다시 골인

그대 눈길은 언제나 3점 슛,
골~~~~~~~~인!

친구와 방문한 카페 화단에 분홍 수국이 피었습니다.
"수국꽃은 언제 봐도 탐스러워."
친구의 말에 가까이 가보았습니다. 잎이 보이네요.
꽃만 볼 때는 몰랐는데, 수국잎이 이렇게 생겼군요.
뚫어져라 자세히 보았습니다.
잎의 두께가 깻잎보다는 조금 두껍네요.
으흠, 향도 다르고요.
"생김새는 진짜 깻잎 같아."
누가 먼저 깻잎은 먹고 수국잎은 먹지 않기로 정했을까요?
먹거리보다는 꽃이라는 볼거리로 즐거움을 주기로 한 수국이 눈앞에 있습니다.

수국 깻잎 쌍둥이

학교 가기 싫을 때
출근하기 싫을 때
…….
대신 할까?
바꿔 바꿔

그래도
먹는 건 좀 생각해 봐

운전하다가 사이드미러를 보았어요.
언제 탔을까요?
무지개가 겁도 없이 달리는 차에
답삭 타서는 까꿍 하지 않겠어요!
사물은 거울에 보이는 것보다 가까이 있다는데
무지개도 가까이 있을까요?

저는 무지개를 모신 채 달립니다.

무지개

어디든 있다
보고자 하는 마음이 닿는 곳마다

내가 모르고 있었을 뿐
찾지 않았을 뿐

저녁이 되어 해는 둥지에 들고 싶지만 그럴 수 없습니다.

아무도 반기지 않기 때문입니다.

너무 뜨거워서 식을 때까지 가까이 오지 말라고요.

바다만이 받아줍니다. 뜨거움을 참고 있는 바다 얼굴 좀 보세요.

온통 붉습니다.

해, 바다에 들다

하루 일을 끝낸
해가 둥지로 듭니다

하늘은 곧 암막 커튼을 쳐주겠지요

시는 아주 가까이 있습니다.
우리의 모든 순간이 시입니다.